10 DEC 1868

V 106.

Cabinet de M. V....

BEAUX

OBJETS D'ART

D'AMEUBLEMENT

8 MAGNIFIQUES TAPISSERIES DES GOBELINS

D'après OUDRY et TENIERS

Me **CHARLES OUDART**, Commissaire-Priseur.
M. EMILE BARRE, Expert.

PARIS — 1868

RENOU & MAULDE

IMPRIMEURS DE LA COMPAGNIE DES COMMISSAIRES-PRISEURS

Rue de Rivoli, 144.

CATALOGUE

DE BEAUX

OBJETS D'ART

ET

D'AMEUBLEMENT

Beaux Meubles italiens en ébène incrusté d'ivoire gravé
Parmi lesquels un important Bahut
Table, Siéges, Cabinet et Meubles Louis XIII en écaille de l'Inde
Table, Chaises, Fauteuils en certosina
Banquettes avec inscriptions et proverbes, Statues de Nègres
Étoffes de Perse, Potiche et Jardinière en vieux Japon et en Saxe
Anciennes Faïences italiennes, Belles Tapisseries

DONT LA VENTE AURA LIEU

HOTEL DROUOT

SALLE N° 8

Le Jeudi 10 Décembre 1868

Par le ministère de Mᵉ **CHARLES OUDART**, Commissaire-Priseur,
boulevart des Italiens, 26,

Assisté de M. **ÉMILE BARRE,** Expert, rue de la Chaussée-d'Antin, 20.

CHEZ LESQUELS SE DÉLIVRE LE PRÉSENT CATALOGUE

EXPOSITION PUBLIQUE

LE MERCREDI 9 DÉCEMBRE 1868

DE UNE HEURE A CINQ HEURES

PARIS — 1868

CONDITIONS DE LA VENTE

———

Les Acquéreurs paieront CINQ POUR CENT en sus des enchères, applicables aux frais.

L'Exposition mettant le public à même de se rendre compte de l'état des Objets, il ne sera admis aucune réclamation une fois l'adjudication prononcée.

DESIGNATION

TAPISSERIES

1. — Une suite de trois grandes et magnifiques Tapisseries des *Gobelins*, représentant des *Scènes galantes*,
genre WATTEAU, et des *Sujets de chasse*, d'après OUDRY.

2. — Une suite de cinq Tapisseries des Gobelins, si-
gnées LEYNIERS, représentant des *Scènes flamandes*,
d'après TÉNIERS.

Trois de ces Tapisseries, d'une grande dimen-
sion, sont entourées de riches bordures.

*Ces deux séries de Tapisseries, de la plus belle
époque, sont d'une très-grande fraîcheur et d'une finesse
remarquable.*

MEUBLES

3 — Grand Meuble bahut en ébène incrusté d'ivoire
gravé, architecture Renaissance.

Le haut est divisé en trois parties; au milieu,
des satyres et des chèvres; de chaque côté, des
balustres d'ivoire.

Le corps du milieu, formant portique, aux armes
des ducs Litta, représente *Ariane et Bacchus*; les
pilastres sont surmontés de têtes d'enfants en ivoire,
en ronde-bosse. A droite et à gauche, des sujets
allégoriques représentant les *Muses*. Au-dessous, un
avant-corps formant bureau est décoré de plaques
représentant des groupes d'enfants.

Au milieu du corps du bas, un grand sujet représentant un *Combat de cavaliers* ; de chaque côté des supports, des tiroirs pouvant faire médaillier, couverts d'ornements en ivoire gravé représentant des arabesques et des figures.

Meuble d'un style très-pur et d'une grande finesse d'exécution.

4 — Grande Table en ébène incrusté d'ivoire gravé ; au centre est représenté un sujet mythologique.

5 — Six Chaises en ébène incrusté d'ivoire gravé ; siége à rinceaux ; dossier plein, d'une très-curieuse forme Renaissance, décoré au centre d'une figure allégorique, et sur le fronton, les *armoiries des ducs Litta*.

6 — Deux Fauteuils de forme analogue et de même style, décorés des mêmes armoiries.

(Ces quatre articles, qui ont la même provenance, forment un magnifique ensemble.)

7 — Grand Meuble-Cabinet, à tiroirs, époque Louis XIII, en ébène et écaille de l'Inde, orné de cuivres repoussés ; le milieu est garni de glaces et orné de colonnettes.

8 — Très-belle Table en ébène incrusté d'ivoire gravé ; le médaillon du milieu représente des *Faunes* et des *Nymphes*, d'après Raphaël ; aux quatre angles, de larges ornements de feuillages.

9 — Très-beau Meuble-Cabinet florentin, style Renaissance, en ébène, avec incrustations de *marbres rares*, *lapis-lazuli*, etc. ; au milieu, une figurine en bronze entourée de colonnettes.

10 — Petite Table en ébène et ivoire gravé ; sujet mythologique d'une grande finesse ; ornements Renaissance.

11 — Deux Banquettes Louis XIII, en ébène sculpté, recouvertes de brocatelle jaune.

12 — Deux petits Siéges pareils.

13 — Six Chaises en ébène et ivoire gravé, reposant sur dix pieds entrelacés: figures et ornements très-fins; forme d'un grand style et très-originale.

14 — Deux Fauteuils analogues.

15 — Une grande Banquette. Le corps du bas est en chêne sculpté de l'époque de la Renaissance; sur le dossier sont gravés en or et en lettres gothiques les principaux proverbes français; au fronton, les armes des Contarini, de Venise, surmontées du bonnet de Doge.

16 — Autre Banquette semblable à la précédente, avec la différence que les morales sont latines et gravées en or et en lettres romaines. — Mêmes armoiries.

17 — Deux Nègres présentant des coussins, en chêne sculpté, sur leurs piédestaux.

18 — Deux Fauteuils Louis XIII, en chêne, à pieds tors, recouverts d'ancien satin brodé en relief.

19 — Petit Cabinet à tiroirs, en ébène et ivoire, style Renaissance; le milieu formant portique avec colonnettes torses et orné d'une statuette en bronze.

20 — Une très-belle Table en fine mosaïque de bois et ivoire. (Travail de la Chartreuse de Pavie, dit *Certosina*.)

21 — Quatre Siéges, même genre.

22 — Un petit Cabinet, miniature, ébène et marbres rares. Travail italien du XVI.e siècle.

23 — Un petit Cabinet, forme petite commode. Époque Louis XIII.

VITRAUX

24 — Deux grands Vitraux avec armoiries.

24 *bis* — Deux autres grands Vitraux, même genre.

25 — Deux beaux Vitraux suisses, ornés de figures en
pied et d'armoiries.

26 — Deux autres de même genre.

27 — Un autre, représentant *Tobie et l'Ange*, avec armoiries.

28 — Deux Pintes en ancienne faïence allemande, bleu
turquoise, montées en étain repoussé.

29 — Deux autres Pintes, même fabrique et même genre ;
sujets divers.

OBJETS DIVERS

30 — Pendule Louis XIII, à colonnettes torses, avec ca-
dran gravé ; sonnerie à carillon.

31 — Très-beau Coffret oriental en écaille et nacre gravée,
la serrure ornée de six turquoises fines.

32 — Deux beaux Éléphants en bronze.

33 — Belles Statues en marbre (Bacchus portant des
raisins), par *Levesque*.

34 — Grande Cruche en grès allemand émaillé, avec
figures et décor en relief.

35 — Deux Vases en porcelaine de SAXE, sujet Watteau ;
décor très-fin.

36 — Soupière en porcelaine de SAXE, sujet d'après Hogarth.

37 — Deux Jardinières en ancienne porcelaine de HONGRIE, décorées d'insectes et de légumes; anses formées par des figures.

38 — Deux Potiches en porcelaine de Chine, de la famille Verte.

39-40 — Quatre beaux Plats en cuivre repoussé, du XVIe siècle, à figures.

41 — Un Broc et sa cuvette en ancienne porcelaine hongroise. (*Pièce rare et très belle*).

42 — Un grand Bol vieux Japon, bleu et or avec son plat.

43 — Un grand Bol vieux Japon, bleu et or et décor de fleurs.

44 — Un grand Bol Japon, monture Louis XVI en bronze doré.

45 — Un grand Seau-Jardinière, vieux Japon, monté en bronze doré.

46 — Une grande Potiche, Japon, montée en bronze doré.

47 — Une Potiche en vieux Chine, à personnages.

48-49 — Deux Bustes d'Enfants, porcelaine de Saxe.

50 — Une grande Glace avec un magnifique cadre en bois sculpté et doré.

> *Ce cadre a été restauré et redoré il y a quelques années; mais il est entièrement de l'époque, et c'est un superbe morceau de sculpture dans la masse.—Il est aux armes des Torre-Barberini de Florence.)*

51 — Une grande Glace, cadre en ancienne laque de Venise, avec nacreperles.

52 — Quatre petits Miroirs de Venise, cadre en ancienne laque rouge, à figurines.

ÉTOFFES ORIENTALES ET AUTRES

53 — Tapis longs de Perse, en mosaïque de drap brodé.

54 — Autre   id.   id.

55 — Autre   id,   id.   de forme carrée.

56 — Six Siéges en drap brodé de Perse, de couleurs variées.

57 — Quatre Chaises en étoffe de poil de chameau, brodées d'or et de couleurs variées.

58 — Six Rideaux en ancien damas de soie, cramoisi et jaune, coupés de bandes de brocatelle.

FAIENCES ITALIENNES ANCIENNES

59 — Salière en faïence d'URBINO, formée par une *Sirène*.

60 — Autre Salière en faïence d'URBINO, formée par une *Chimère*.

61 — Un Broc à bec, fabrique d'URBINO, col en chimère; un portrait sur chaque face : légende.

62 — Un autre Broc à bec, même fabrique et même genre.

63 — Une Potiche, fabrique de FAENZA, montée en bois noir.

64 — Un très-gros Broc. FAENZA, avec un portrait d'homme : *Pasquale*.

65 — Un Vase FAENZA, ornements et figures, couvercle en bois doré.

66 — Deux Cornets, fabrique de CASTEL-DURANTE : décors de trophées et figures.

67 — Deux petits Cornets de forme basse, fabrique de CASTEL-DURANTE : décors de trophées de musique.

68 — Deux Vases FAENZA, ornés de pampres et de têtes de bouc.

69 — Deux Têtes de Satyre, formant consoles; fabrique de FAENZA.

70 — Paire de très-beaux Vases d'URBINO, sujets mythologiques, anses formées par des *Sirènes*.

71 — Paire de très-beaux Vases de FAENZA, décorés d'arabesques, avec anses formées par des *Sirènes*.

72 — Très-beau plat d'URBINO, représentant le prophète *Daniel dans la fosse aux lions*, avec l'apparition d'*Élysée*.

Cadre en bois sculpté et doré.

73 — Autre Plat, de même fabrique, représentant un *Sujet biblique*.

Cadre en bois sculpté et doré.

74 — Plat de PESÁRO, du XVIᵉ siècle, représentant un *Cavalier sarrasin*.

Cadre en bois sculpté et doré.

75 — Autre plat, de même fabrique, représentant un sujet allégorique, avec *les armes de Médicis*.

Cadre en bois sculpté et doré.

76 — Autre Plat de PESARO, représentant une *scène turque*.

Cadre en bois sculpté et doré.

77 — Autre Plat de PESARO, représentant *une Femme environnée d'Amours*.

Cadre en bois sculpté et doré.

78 — Autre Plat de PESARO, représentant un *Portrait de Femme*, costume du XVIe siècle, avec inscription.

79 — Autre Plat de PESARO, avec sujet de même genre.

80 — Plat de SAVONE, décor camaïeu bleu, sujet mythologique, *avec armoiries*.

Cadre en bois doré.

81 — Autre Plat de SAVONE, également *avec armoiries*.

Cadre en bois doré.

82 — Un Plat, faïence de Naples, représentant : *David victorieux*.

Cadre en bois sculpté et doré.

83 — Un Plat de FAENZA : ornements et figures.

84 — Un autre Plat, même fabrique et même genre.

85 — Belles Tapisseries à personnages.

Renou et Maulde, imprimeurs de la Compagnie des Commissaires-Priseurs, rue de Rivoli, 144.

www.ingramcontent.com/pod-product-compliance
Lightning Source LLC
LaVergne TN
LVHW010846180726
843502LV00009B/3730